송암 이관수 제4시조집

해님의 신바람

해님의 신바람

2023년 12월 15일 제 1판 인쇄 발행

지 은 이 ㅣ 이관수
펴 낸 이 ㅣ 박종래
펴 낸 곳 ㅣ 도서출판 명성서림

등록번호 ㅣ 301-2014-013
주   소 ㅣ 04625 서울시 중구 필동로 6 (2, 3층)
대표전화 ㅣ 02)2277-2800
팩   스 ㅣ 02)2277-8945
이 메 일 ㅣ ms8944@chol.com

값 10,000원
ISBN 979-11-93543-22-1

송암 이관수 제4시조집

해님의 신바람

도서출판 명성서림

『해님의 신바람』 시조집을 내면서

코로나 19 시대 모든 것이 닫쳐버리는 시대였습니다. 서로가 만나기를 꺼려하고 코로나가 걸렸다 하면 생사를 가르기도 하였습니다. 걸려도 괜찮은 사람이 있는가 하면 목숨을 잃는 사람도 많았습니다. 모든 행사를 제대로 하지 못하고 문학인들도 대면을 잘하지 못하였습니다. 서로 전화나 카톡으로 소통하는 것이 고작이고 가급적 비대면이라 갑갑하기도 하였습니다. 23년도에 들어오면서 지독한 코로나 강세가 많이 약화 되었습니다. 걸려도 독감과 비슷하다고 합니다. 이제는 서로 만나고 여러 가지 행사도 하고 있습니다. 다행스러운 일입니다.

코로나 시대 작품 활동으로 매일 한 편씩 시조를 써 보았습니다. 작품을 만들어 지인들에게 카톡으로 보내기도 하였습니다. 답장들이 오며 재미도 있었습니다. 그리고 전국적으로 카카오스토리에 한 달에 한두 번 정도 올렸습니다. 호응들이 좋았습니다. 다른 작가님들의 작품도 읽어 보았으며 나에게 많은 도움도 되었습니다. 어쨌든 서로가 작품을 공유하다 보니 많은 것을 배우게도 되었습니다.

이제는 코로나도 위력을 벗어나 많이 약화 되었습니다. 이제는 서로 만나는 즐거움도 있으며 그동안에 작품들을 활용하여 시조집도 만들게 되었습니다. 우리 전통적 시조에는 상당한 재미가 있습니다. 간결하면서도 핵심적인 내용으로 3장 6구에 그 뜻을 충분히 담을 수 있습니다.

1연이 부족하면 2연 3연으로 연장할 수도 있습니다. 시조의 담는 그릇은 오묘합니다. 함축된 언어로서 묘사의 독특함을 살리면 아주 좋습니다. 시조는 선조들이 즐겨 부르던 노래입니다. 시조 인들이 많아지고 일반화됨은 퍽 다행스러운 일입니다. 좀 더 바람은 초등학교 교육과정부터 교과서에 실리고 어린 시절부터 교육함이 바람직하다고 봅니다. 아쉬움은 과거에는 교과서에 실렸던 것이 언젠가 사리지도 말았습니다. 무척 아쉬운 점이며 다시 부활되리라 봅니다.

어쨌든 우리의 전통적인 시조는 아름답습니다. 우리 시조를 더욱 발전시켜 문화 발전에 기여 할 수 있도록 환경 조성을 하여야 합니다. 이번 시조집을 발간하게 됨을 무척 보람으로 생각하면서 시조의 활성화가 더욱 이루어질 수 있으면 좋겠습니다. 근래에 와서 코로나가 많이 약화됨을 퍽 다행으로 생각합니다. 암흑의 시기 3년간 코로나 후유증은 매우 심각합니다. 고물가 시대, 불안정한 시대가 빨리 안정되어 재도약하는 문학 활동의 시대가 오리라 봅니다. 모든 사람들이 축복이 가득하여 행복하기를 바라면서 문학인들의 건투를 빕니다.

2023년 12월

송암 이관수 드림

차례

노랑

초록

차례

보라

빨강

꽃바람

연둣빛 봄 자락이
봄빛을 가득 실어

꽃들이 활짝 피게
생기를 불어넣고

발그레
미소 지으며
피워대고 있도다

꽃마다 반겨오는
방글이 웃음이다

새소리 바람 소리
꽃 잔치 한창이다

온 누리
더러 더덩실
얼싸안아 반긴다

사월에 산등성

연초록 짙어가고 산꽃들 몽실몽실
사월에 햇빛들은 자르르 흘러가고

봄날에
따사한 햇빛
산등성에 오른다

반지꽃 화사하게 산마루 가득이라
연둣빛 일구어서 푸르름 장식하는

화창한
봄빛들에서
새로움이 솟는다

아롱대 아롱이는 달리어 하늘 올라
봄 나래 펼치어서 오르락내리락에

날라서
이리저리로
넉넉한에 봄이다

지하철 손님들

흔들대
이리저리
쏠리어 흔들대는

오늘도 빼곡하다
모두가 다름으로

손잡이
하나 붙들고
지하철을 달린다

인생사

어제에
왕성했던
오늘에 이별이라

쥐고서 고생이라
펴고서 떠나가는

무언가
인생길에서
안절부절 왜 하나

울렁대고 있도다

마음을
헹궈내어
수없이 날리건만

꿈틀대 아픔들에
오늘도 토해내는

어쩔사
속들이 아려
울렁이고 있도다

틈새의
공기들에
잠시라 마셔보는

역시나 오염이라
뒤틀림 내장들이

연이여
쓰리여 오는
아픔에서 헤맨다

백내장

이상한
신기루에
아파트 출렁이고

기다란 산천들이
출렁대 일렁이는

눈 비벼
아무리 봐도
흔들리고 있도다

바늘에
구멍이라
낙타도 들어가던

이제야 실오라기
아무리 넣으려도

겉으로
빙빙 돌리는
하루 종일 이리다

남아도는 아파트

모자라 아우성에 지은 것 아닌 것에
하늘에 별 따긴가 줄 서서 기다리던

당첨에
눈이 부시어
방방 뛰던 호시절

높다란 하늘인가 무섭게 오르더니
투기꾼 요리조리 좋아라 벌어들여

으라차
빠져버리는
골탕 먹는 서민들

오늘날 울림들에 무더기 빈집들이
실수요 통곡하는 어쩌면 좋으리오

진실이
또 한 번 우는
야속함에 아프다

밤 경치

가로등
불빛들은
길가에 누워있고

차들의 질주들에
사람도 오락가락

가계들
환한 불빛에
복작대고 있도다

아파트 기다랗게
하늘로 올라가고

별들은 어디인가
가물대 멀어지는

벤치에
걸터앉아서
밤 하늘을 돌린다

천사 같은 어머니

진자리 마른자리
갈아서 뉘이시고

오로지 자식위해
평생을 살아오신

높도다
파란 하늘에
천사 같은 어머니

우리들 행복위해
손발이 터지도록

고달파 아파와도
꼬집어 참으셨던

그날에
물집 잡혀도
못 따드린 아쉬움

속들이 마음자리
편안한 보금자리

언제나 어디서나
아가페 사랑으로

오늘도
반짝거리는
등대로다 평생길

생각의 흐름

아련히
떠오르는
그대의 모습에서

자잘한 웃음들에
발그레 미소들이

마음에
파고 들어와
자리하고 있도다

움트는 터전에서
독백의 이야기들

허공에 재잘대다
아른대 비쳐오는

눈망울
마주치면서
방글대는 소리다

아름다운 시어들

시어들
알쏭달쏭
탐방대 빠져들면

아릿한
내음들로
젖어서 속속들이

가득한
향기에 취해
맛 들이고 있도다

꽃피는 추억

달콤한
추억들을
한나절 잡아 놓고

갸우뚱
생각들에
버물려 맛 들어서

꺼내든
치마 자락에
새콤 달콤 꽃핀다

어려움 헤치어

어려움 힘차게도
헤치어 나아가는

따사함 돌아온다
시냇물 오르내려

파아란
하늘가에서
미소들이 흐른다

젊어지는 마음

영원한 아름다움
언제나 청춘이라
있으면 좋으련만
변하는 소용돌이

누군들
벗어나리오
오늘 모습 번갯불

아무리 둔감한들
속에서 변하리오
언젠가 벗음에서
그대로 드러나는

속 내음
알찬 마음이
필요하오 진실들

번쩍함 십 년이오 빠르오 번쩍번쩍
그러나 변치 않는 발그레 청춘마음

알참들
가득 가득한
생동하는 힘이오

언제나 겸손히

어버이 정성으로
키워준 은혜들에

언제나 보람들을
정성껏 표현하면

복들이
가득한 마음
주렁주렁 맺히오

착하고 지혜롭게
언제나 사랑으로

스승님 가르침을
세상사 지침으로

가는 길
안내 열쇠로
하나하나 열리요

고마움 많소이다
모두가 은혜라오

피조물 하나하나
하늘의 모임들이

겸손히
나아가는 길
감사함에 열매요

주황

강아지 엄마

강아지 엄마 따라
촐랑대 따라간다

빨리어
피가 나도
새끼에 힘들이어

뜨거운
사랑 정신에
배워가는 우리들

걷기의 행복

토닥여
걸어본다
행복이 걸어간다.

돌리는 엔도르핀
하나둘 돌아가는

만보에
웃음이 가득
하루해가 즐겁다

미소

눈망울
생글생글
화사한 웃음들이

생명에 빛이로다
힘들에 솟음이다

서로가
행복을 주는
마음들에 향이다

찻잔

찻잔에
꽃술에다
웃음들 희락이라

자잘한 이야기에
꽃동산 밝아지고

서로에
정겨운 꽃잎
피어나고 있도다

꽃바구니

각시가 꽃바구니
어허라 나들이요

연지에
곤지에다
예쁘게 단장하고

눈부신
오월 안고서
활짝 피는 미소들

유월 밤하늘

고요한 밤하늘에
별들이 소곤대고

마음도 조잘거려
손잡아 같이하는

희락이
들리어 온다
유월 달에 향기들

정다움

생글이 눈웃음에
근심은 사라지고

따사한 말들에서
정들이 솟아나는

함께한
다정한 자리
달빛 내려 않는다

곰배령 오르는 길

초록잎
한들거려
시원한 향기들이

오르락 가노라면
숲들에 산소내음

계곡에
숲 속 사이로
들려오는 물소리

고부랑 요리조리
타박대 돌려보면

투구꽃 동자꽃에
만물상 야생화들

곰배령
신들의 경지
번득이는 눈망울

※ 곰배령 : 강원도 인제군 기린면 진동리

연휴

오늘도
빨강인가
눈감아 발을 편다

할 일들 제쳐놓고
내일에 타령으로

까만 날
하여보자고
연휴 해를 잡는다

쏜 맛 단맛

잔잔한
바다인가
어느새 풍파일고

쓰나미 했더니만
반짝인 물결일어

포물선
오르락내리락
세상곡선 걷는다

멍하니

흐르는 사연들을 사슬로 매어놓고
기억들 스며들어 고이어 잔잔하다

멍하니
흐릿한 눈빛
초점마저 잃는다

모두다 잃어버린 무소유 공간들에
정지한 우주에서 방향을 잃었는가

하늘을
날아오르다
눈망울에 안긴다

가두어 허공에서 속세도 날아가고
해탈한 마음으로 멍하니 바라보다

까르르
웃는 소리에
세상 속에 갇힌다

행복을 찾았다

오늘도
헐레벌떡
신기루 뽀얀 안개

행복을
찾았는가
달리어 숨 가쁘게

어허라
깔깔 웃음에
바로 지금 찾았다

고갯마루 정자각

젊음 날
혈기들에
두려움 하나 없고

손 모아
지극 정성
힘들여 날아가는
지난날 바쁜 나날에 몰아쉬는 숨쉬기

이제야 무지갯빛
찬란한 흔적이나

시어들 숨이어라
찾아서 동서남북

보람에
이리저리로
고갯마루 정자각

쓰라림

가슴속
고인 아픔
잠재워 뉘어놓고

그래도 솟쳐오는
쓰라림 받들어서

손 모아
지극 정성에
다독이는 한밤중

역주행

동맥이
터지는가
아픔이 저려오는

무질서 사차선에
역주행 차량들이

혼선에
이리 저리로
이정표가 무섭다

낮잠

잠이라
오지 않아
밤잠을 설쳤더니

대낮에
눈이 감겨
꾸벅대 코방아를

어허라
비몽사몽에
여름하늘 꿈나라

노랑

하루

희락에
살아가는
우리들 아니던가

그러나 덕지덕지
오염물 판이어라

헹군다
생명수 텀벙
태양빛이 말린다

삶

하늘에 날아가는 새들의 소리에도
시원함 맞이하여 즐기며 살아가는

푸드덕
소리치도다
파란 하늘 날도다

사차로 교차로에 방향을 바로잡아
앞으로 토닥이며 단단히 굳혀가는

모두가
파닥거린다
원 그리며 넓힌다

인생이 무엇인가 의미로 살아간다.
무심히 왔다지만 나날이 태양으로

심장들
박동 소리에
가치들을 높인다

동트는 아침

어둠이 재잘대다
새벽에 동이로다

새들은 노래하고
너구리 출근하고

오늘도
바쁜 하루가
돌아가고 있도다

공허

마음이 싸늘하여
속들이 허전할 때

심호흡 깊숙하게
시원히 하고 나면

파아란
하늘의 날개
날아가고 있도다

기차여행

달리어 잘도 간다 문산항 열차행열
서느라 줄을 잡고 앉아서 카톡보고

저마다
싱글 벙글에
달려가는 신바람

왕십리 지나간다 빈자리 여기저기
앉아서 창밖이요 숲들도 지나간다

눈 돌려
이리저리에
내려 보니 풍산역

사방을 돌리다가 눈가네 식당가로
손잡아 기다리는 메뉴는 누룽지탕

구수한
입맛 들리어
맛이로다 후루룩

여름이 흐른다

파아란 하늘가에
여름이 흘러간다

물소리 조잘대는
계곡물 시원하고

달려라
동해 바다로
하얀 파도 즐겁다

생각의 보물

굴리어 굴러간다
낮달이 둥그렇게

추억들 팔락이다
겹겹이 쌓여지는

머릿속
가득한 자리
보물들이 빛난다

부정한 마음

부정의
씨앗들이
소롯이 싹이 터도

일마다
힘을 빼는
한마디 말들에서

언제나
화통 지르는
고칠 수가 없도다

동창회 모임

좋아라 싱글벙글
속들에 즐거움들

해맑은 마음에서
으하하 웃어대는

향수에
꽃들이어라
무궁화가 피도다

속앓이

무엇을
더하리오
버거워 어이하리

허울대 부질없는
욕심을 채우다가

부풀어
터져 버리는
아린마음 어쩌오

이팔에 청춘들은
누구나 멀다지만

어허라 석양이오
노을에 빛이라오

하나둘
내려놓으니
희안 구름 보이오

공원 간이 수영장

잔잔한 물결일어
그래도 바다라고

일렁여 찰랑이며
밑바닥 파랑이라

더운 날
좋아라 탐방
하하로다 즐겁다

아이들 아지랑이
물줄기 쏟아낸다

텀벙대 물장구들
희희락 웃음들에

한나절
뜨거운 태양
물에 탐방 식힌다

아름다운 우리말

흐뭇한 말들에서
좋아라 어깨춤에

우리말
아름다운
반짝여 별이로다

빛이라
말과 말들에
행복 꽃이 피도다

일심에 율동

온몸에 전율들의
수액은 흘러가고

모아서 일심으로
흐르는 아지랑이

파이팅
감아올리는
율동들이 힘차다

설치는 밤

세상사
짓눌리어
뒤척이는 밤이라

별들도
세어보고
바람도 재워보고

깊은 밤
잠들지 못해
흔적들만 쌓인다

형제들 모여 앉아

형제들 도란도란
이야기 무르익어

옛날에 콩쥐팥쥐
동화에 이야기들

이제야
어른 되어서
추억들을 들춘다

정신 차리기

눈망울
반짝이고
힘들이 싸고 돌아

호랑에 잡혀 가도
정신만 차린다면

솟치어
솟아날 구멍
파란 하늘 보인다

초록

밀려오는 추억

파도가
밀려오면
마음을 열어놓고

따사한 온기로서
휘감아 잡아당겨

속들이
감칠맛으로
향을 내는 추억들

장맛비

장맛비
계절인가
길들을 막아댄다

오늘에 만남들이
기쁨의 자리인데

세차게
쏟아 내리어
마음들을 막는다

잡초들 키자랑

잡초들
깨어나는
알싸한 아침 공기

조잘대
자라도다
모두가 키 자랑에

들마다
커가는 소리
군화 소리 들린다

건강 챙기기

영양소 고루고루
긍정의 마음으로

친구와 조잘대고
알맞게 운동하고

빛나는
하루의 일과
눈동자가 빛나오

생각의 꽃구름

생각의 물결들은
찰랑대 흐르다가

하얗게 구름으로
하늘에 피어나는

동그란
꽃구름 되어
동동대고 있도다

수국 꽃노래

환하게 미소로서 향기에 꽃이어라
방실대 웃음으로 반갑게 맞이하는

오늘도
함박의 웃음
좋아라고 피도다

사르르 피어나서 하르르 웃는 자태
너에게 있노라면 언제나 환한 마음

속들이
젖어 들어서
향기 취해 돌도다

흥겨워 일어나는 마음의 노래들이
멜로디 흘러간다 바람도 도레미솔

온종일
수국의 노래
발걸음도 가볍다

월미도에서 묵념

월미도 파도물결
하얗게 일어나고

끼룩대 날아가는
갈매기 바라보며

인천의
상륙 작전에
흔적들을 찾는다

육이오 남침으로
세계가 불이 튀던

자유를 지키노라
피 흘린 참전용사

그날에
영혼기리며
묵념하고 있도다

물폭탄

물폭탄
퍼붓는다
강산은 무너지고

사람들 날벼락에
묻히어 희생이오

하늘도
무심하도다
재앙들이 무섭소

누구도
모르리오
안심은 금물이요

찰나에 떨어지는
천둥에 번개로다

힘 모아
안전 대비에
민사형통 하도다

안전 불감증

와르르 삼풍백화 무너진 성수대교
소들이 수영이요 지하도 물이로다

와르르
밀어닥치는
끔찍함을 어쩌오

봄가을 산불들에 해마다 아차로다
교통의 사고들은 날마다 일어나고

눈뜨면
여기저기에
어지러운 눈망울

순간에 떠들다가 찰나에 꺼져가는
안전의 불감증을 누구에게 탓하리

오천만
등대이로다
예방하는 국민성

붓 가는 대로

붓들이
그려대는
신나게 나아간다

연지에 곤지에다
신부를 단장하고

새신랑
맞이하려고
붓을 들어 보챈다

신랑도
꾸며댄다
사모에 관대에다

타박대 걸어간다
늠름한 군자로다

휘둘러
붓 가는 대로
잔치손님 많도디

복주산 계곡수

폭포수 신바람이
하얗게 떨어지어

물보라 일어나는
복주산 천정수가

아침에
발그레 햇빛
축복으로 빛난다

흐르는
파란 물에
조약돌 굴리우고

구르는 돌돌 소리
재잘대 이야기로

여름날
찌는 더위에
여기에서 쉬란다

강원도 막국수

강원도 산골마을 맛이라 메밀이요
가정집 국수분틀 주르륵 가락들이

대접에
동치미 국물
막국수의 시원함

어허라 시장가오 별식들 식당가로
모여든 손님인가 누르라 붙이여라

그때가
휴전의 직후
장날마당 호황기

오늘에 전국이요 강원도 경기도에
당기는 맛들에서 누구나 좋아하는

우리들
건강의 식품
입에 도는 도중맛

헛소리

좋아라
말들에서
솟치어 일어나는

휘돌아 돌림들에
파문의 소용돌이

번개에
천둥소리로
들썩거려 울린다

무심히
던지어진
헛소리 말들에서

조용한 호숫가에
퍼지어 시끌벅적

쓰나미
썰물에 물결
오물이어 역겹다

바닷가로 달린다

파아란
동해바다
신바람 달려간다

갈매기
날아가고
구름은 동동거려

시원한
하얀 물결에
탐방대고 있도다

버려지는 신발짝

생전에
단짝이라
자랑을 하더니만

닳아서
쓸모없다
버려진 신세여라

아프다
캄캄한 동굴
눈물만을 흘린다

불덩이로 구른다

속살을
드러내는
뜨거운 열기들이

솟구쳐 일렁이어
온누리 태우는가

벌겋게
달아올라서
불덩이로 구른다

속들의 소용돌이
불사조 불꽃처럼

물세례 부어본들
열기의 몸부림에

찜통에
펄펄 끓여서
우리들을 데친다

파랑

하루일과

삶에서 바른길로
다지는 터전에서

영롱한 눈빛으로
영혼을 다독이며

손잡아
다리 놓도다
하루일과 열도다

발그레 미소들에
파아란 생명수로

조약돌 굴리면서
파문에 동그라미

동그랑
오색무지개
무궁화로 피운다

공원의자에 빗방울

어젯밤 빗방울이
의자에 앉았는가

번지어 번지르르
사방에 널려있는

햇빛들
반짝거리어
흔적들을 말린다

불황의 고통소리

가슴속 아려오는
쓰라린 고통들이

뼈들을 추켜올려
눈물의 방울이오

심장에
불타는 소리
고동치고 있도다

나무뿌리 갈래지만

이리로
갈라지고
저리로 뒤틀려도

힘들이
모여들어
원줄기 하나로서

푸른 숲
자랑이로다
매미소리 들린다

자연을 닮으리

닮으리
닮아가리
자연의 모습으로

원리를
따라가는
순순함 지키면서

숲속에
향기이어라
우주질서 돌도다

별빛 흐르는 강

별나라
그려놓고
별빛들 흐르도다

반짝여 은빛이요
하늘에 은하수로

오르고
내려 달리어
별빛강이 흐른다

소리들

들어서
멜로디로
언제나 들었으면

새소리 노랫소리
집안에 경사소리

좋아라
더러 더덩실
신바람에 사는 맛

노을이 되어

내려온
빗살무늬
춤사위 너울대어

감돌아 산마루에
발그레 아지랑이

오늘에
노을 되어서
무지개로 피도다

심장의 고동 소리

그대도
들려오는
심장의 고동소리

가슴에 콩닥대어
열정의 소리들로

받아서
다독거리며
피워보고 있도다

새벽 걷기 운동

새벽에
먼동이라
모두가 발그스름

눈망울 추켜세워
건강한 발걸음들

둘레길
타박거리어
신바람이 트인다

맨발로 마사토길
흙길도 분주하다

걸어서 성큼성큼
뛰어서 땀범벅에

천태의
만상이로다
시힘 꽃이 피도다

호숫가 소쩍새

소쩍새 소쩍소쩍
달님을 호숫가로

두둥실 두리둥실
파문에 물결들이

하얗게
부서져 올라
동그라미 그린다

추억이 떠오르면

쏟아진 추억들이
마음을 열어놓고

독백의 마음으로
나에게 들어오는

감아서
당기어 본다
속속들이 들춘다

무궁화로 피도다

팔천만 화평이라
솟치어 올라가는
힘차게 달구어서
열정의 가슴으로

신비의
하늘의 조화
평화들이 흐른다

붉게도 엔도르핀
가득히 채우면서

태양빛 돌아간다
원심의 동력들이

뻗도다
삼천리강산
무궁화로 피도다

三大(삼대) 의사

아프면
병원이라
적시에 치료하고

의사님 처방대로 말씀에 순종하는
어허라 호전되도다 정상으로 돌린다

영양소
골고루가
빠지면 아니라오

비타민 미네랄에 흰자질 탄수화물
식탁에 한상 차림이 보약들의 바다다

으라차
운동이라
땀방울 송골송골

힘주어 달리기에 흙길을 걷기까지
건강에 최고이리오 三大(삼대)의사 최고디

남색

햇살들이 맴돈다

빛들이 내려앉아
나르며 재촉이다
나뭇잎 다독이다
휘리릭 갈대숲에
여름내
물들이다가
지쳤는가 발그레

가을의 소리들에
초록잎 웅성대는
이제는 끝이런가
마지막 발버둥에
어쩌나
잊지 못하여
햇살들이 맴돈다

흐르는 세월들아
어허라 머물러라
파아란 하늘에서
물장구 하얀물결
조약돌
파문 일어서
동그라미 그린다

그리움 아른거려
돌리는 마음들이
청춘은 어제인가
아무리 돌려봐도
낙엽들
서성거리어
사각소리 들린다

행복이 날도다

휘감는 그리움에 행복이 댕그르르
사랑의 열매로다 속들이 가득하고

보람들
웃음이어라
되새김질 즐겁다

모이여 즐거움에 저마다 꽃이어라
발그레 꽃봉오리 터지는 소리들이

별들과
함께이로다
은하수도 즐겁다

손짓에 발짓들에 꽃피는 이야기들
소망의 밝음에서 즐거운 향기들이

꽃망울
활짝 피도다
나비 되어 날도다

아쉬운 이별

나뭇잎
웅성대는
공원에 있노라면

여름날 기억들을
아직도 붙잡는가

안간힘
다독거리며
당겨놓고 있도다

설렘들
되새기며
짙푸른 향기들은

아직도 햇살들을
안으로 끌어당겨

아쉬운
마지막 이별
눈망울이 붉도다

가을바람 오겠지

올리는
화통이라
눈까풀 뒤집히고

붙잡아 삼키어도
답답한 마음들은

펌프질
가라앉히며
다독이고 있도다

핏줄을 세우는가
짙푸른 멍울들이

찌푸림 하늘에서
아직도 오락가락

변덕의
날씨이로다
눅진눅진 보챈다

선율들 불규칙에
붙잡아 찜통이네

돌리고 돌리어라
선풍기 윙윙대는

어허라
오르내린다
가을바람 오겠지

종로 옛날 골목 상가

흐르는 세월인가 생애의 터전들에
골목길 접어드니 옛날로 돌아가는

그 시절
이러하였나
눈망울을 굴린다

삶에서 올망졸망 집들이 그림이오
손님들 웃음소리 이저리 들락날락

아담한
커피숍에서
오손도손 즐겁다

모서리 왁자지껄 멋쟁이 오락가락
우렁찬 젊음들은 오늘에 멋이로다

아리랑
동화 속에서
활기들이 넘친다

흐르는 냇물

세월의 흐름인가 세차게 흘러간다
우렁찬 소리들로 고함을 질러대는

솟치어
몸짓 흔들며
거품들을 쏟는다

거칠게 몰아쉬다 바람의 숨소리로
빗발친 고동소리 돌리여 몰아쉬다

사르르
평온 감돌아
자장가로 들린다

파아란 하늘에는 구름이 흘러가고
잔잔한 물결들은 잠들어 고요하게

발그레
화사하게도
한한 웃음 웃는다

민족의 혼불

조그만 반도나라
금수강산 삼천리

주변에 강대국들
끼어서 어리둥절

어쩌나
쟁탈 전쟁에
상처투성 아프다

그러나 단단하오
줄기찬 혼불이오

반만년 역사라오
굳건히 지키었소

조상님
강인한 정신
우리들이 받았소

이겨낸 빛이로다
세계로 뻗어가는

누구나 소중하오
뭉치는 힘이로다

오천만
하나 되어서
자유통일 합시다

시혼 길

수없이
덤벼들어
껍질을 벗기어서

맛이라 달달함을
솟치어 올려놓고

알싸한
속들이 맛에
간을 보고 있도다

붙잡아
놓을세라
단단히 붙들어서

고주알 메주알을
꺼내어 펼쳐놓고

어허라
마음 얹어서
시혼 길을 걷는다

마사토 건강길

먼동이
환히 트인
마사토 건강길에

저마다 맨발걸음 남녀에 노소 없다
토닥여 힘찬 발걸음 땀방울이 흐른다

희락에
연인들도
눈망울 굴려댄다

손잡아 즐거움에 좋아라 날개로다
태양도 빙그레 영차 식을 줄을 모른다

땅속의
기운들이
신나게 올라온다

하나둘 맞추어서 스미는 기운들에
행복을 가득이 담아 엔도르핀 돌린다

하루살이

재깍대 날이 샌다
일찍들 일어나자

일초가 지나갔다
빨리들 밥을 먹자

어느새
오초 지났네
오늘하루 지났다

번뜩대 입학이네
찰나에 졸업이고
회사에 취직이라
번갯불 퇴직이네

훌러덩
지나는 세월
늙어가고 있도다

아침에 청춘들이
저녁에 호호백발

산머리 노을들은
서성대 손잡아서

가잔다
별나라 마을
이승보다 좋단다

꽃봉오리 피려는가

젊음에
꽃봉오리
오늘에 피려는가

움츠린 겹겹이라
껍질을 벗기어도

아직도
아릿한 속내
감싸 안고 있도다

속으로
안아보는
신기루 한계에서

꺼풀의 단단함을
깨이려 하려는가

파아란
가을 하늘에
단풍노을 물든다

흐르는 세월에서
서성인 흔적들이

버텨온 독백에서
그래도 자존심에

어쩌나
서산노을에
잔잔함이 흐른다

외로운 인생

어디서 나왔으며
어디로 가는가를

외롭다 아니로다
누구나 말하지만

공허한
공간 속에서
눈을 감아 봅니다

화들짝 이리저리
토닥여 걸어가는

친구도 많소이다
별빛도 있소이다

어쩌나
고요한 자리
떠나가고 있도다

누구나 닥쳐오는
사르르 눈망울이

무엇이 있으리오
믿음의 밧줄만이

붙들어
하나 잡으면
평생희락 얻도다

소금산 출렁다리 울렁 다리

고불대 요리조리
힘들여 정상이라
소금산 경이로다
장가계 여기인가
어허라
출렁다리에
출렁이며 걷는다

휘둘려 더 오르니
정상이 펼쳐지고
비췻빛 정경들은
신들이 놀던 자리
흐르는
봉우리 신비
절경들에 취한다

갈지자 오르내려
아리랑 울렁 다리
흔들림 이리저리
요지경 울렁 걸음
하늘 위
걸어서 간다
파란 강물 보인다

나들이 북적이요
식당가 웃음소리
눈망울 벙글벙글
맛들려 호강이라
지축도
왁자지껄한
하루해가 즐겁다

기독교식 결혼식

발그레 옥색 빛에
하객들 축복이라

주례사 할렐루야
잘 살라 말씀에서

손 모아
찬사의 박수
신랑신부 신바람

하나님 진리로서
진실한 믿음들이

천사의 빛이로다
성스런 결혼식장

구구팔
사랑하시라
손을 잡는 두사람

오늘에 마음으로
평생을 살라하는

모아서 기도로다
영생의 소망으로

은혜로
가득한 감사
뿌리내린 새가정

보라

오늘도 가고 있소

누구나 시원스레
두둥실 알았는데

날마다 날아가며
청춘에 장사라고

어쩌오
아리랑 고개
넘어가고 있도다

어제도 가더니만
오늘도 가더이다

앞서니 뒤서거니
시간들만 다르오

짜증내
무엇 하리오
어화 둥둥 삽시다

우주도 빙글빙글
춘하추동 사계절

인생사 구르면서
생로병사 고행들

천지명
순리 따라서
따사하게 갑시다

춘하추동 나무

어허라 봄이로다 두둥실 신바람이
꽃망울 방긋하고 잎들은 봉긋하고

터지는
기운이어라
봄기운이 흐른다

진초록 뭉글뭉글 여름산 에워싸고
왕성한 계절이라 잎마다 일렁이다

우르릉
터지는 소리
진초록이 힘차다

물들어 가을인가 황금빛 물결일어
산들은 불이어라 나뭇잎 넘실대고

오색물
일렁거리어
나들이객 즐겁다

휘리릭 칼바람이 겹겹이 에워싸는
껍질들 단단하네 빈틈들 어디인가

찬바람
빙빙 돌면서
약한 곳을 때린다

가을비

사르르 소록소록
낙엽을 적시는가

뒹굴러 굴러가는
영혼에 가을비가

조르륵
찰싹 거리며
얼싸안고 구른다

공원에서 유아원

걷느라 토닥이며
해님도 쪼르르르

귀여운 유아원생
걸음마 뒤뚱뒤뚱

궁둥이
토닥거리며
선생님도 웃는다

김삿갓 축제

천지명
어이하리
거역의 어지러움

뉘우침 삿갓으로
하늘을 가리우고

삼천리
문전걸식에
탄식하며 걷도다

오늘날
흐름에서
효자인 그 마음을

산새도 도는구나
구름도 에워싸고

고인을
기리는 마음
축제 속에 흐른다

가을의 향

홍조로 발그레이
옹알이 가을하늘

상큼한 갈바람은
온누리 탐방대고

화사한
국화의 향기
간질대는 한나절

계곡물

파아란 옥색물은
졸졸졸 흘러가고

송사리 이리저리
꼬리로 즐기는데

어허라
조약돌 돌돌
노래하고 있도다

잎파랑 물드는 소리

산골짝 비 내리면 골마다 색깔들이
잎파랑 소리 들고 아라차 가을이네

잎마다
비상 걸리어
앵앵 소리 듣는다

가을비 토닥이다 당기는 소리들이
날갯짓 이리저리 색들은 오락가락

초록들
아우성 소리
일렁이는 하루다

해님도 구름들과 발그레 돌아가고
바람도 이리저리 잎들을 물들이고

촉촉이
오색물 젖어
몰려오고 있두다

노력 대가가 평등사회

옛날에
배고파도
죽은 듯 조용했소

열심히 일하여야
쌀한말 하얀 밥에

좋아라
감지에 덕지
고마움에 감사함

오늘에
소리치는
능력은 어디이오

누구나 평등이라
깃발들 펄럭이며

골고루
퍼서 나르다
숯덩이로 까만 솥

불러도 고프다오 길바닥 아우성들
주인은 칼바람에 생활고 허덕이고

어쩌다
이리되었나
배 터지는 아우성

중추가절

중추의 가절이라
바쁘게 고향이요
들녘은 오곡들에
농촌에 먹을거리
가도다
마음의 고향
향수들이 반긴다

자손들 선물 가득
고향을 찾아가고
누구나 조상 찾아
도시를 빠져가는
명절날
분주한 거리
오고 가기 바쁘다

제사를 마쳤는가
돗자리 둘러앉아
차들을 마시면서
다정한 이야기들
윷놀이
희희낙락에
즐거움이 넘친다

중천에 달이 밝아
하늘에 빌어본다
가정에 행복 가득
소롯이 피어나고
아침 해
솟아오른다
희망들이 솟는다

가을 햇살

햇살이 내려앉아
가을을 물들인다
색들로 하나하나
익어가는 초록잎

토닥여
이리저리로
가을빛이 바쁘다

휘리릭 잣나무에
여기저기 앉는다
붙잡아 맛이로다
꼼작도 아니하는

에이라
돌고 돌리어
뱅글뱅글 엿본다

하늘에 가을이여
발그레 익어가는
구름도 두리둥실
어화둥둥 두둥실

나도야
고추잠자리
오색물에 적신다

새벽을 알리는 닭소리

새벽닭 홰를 치며 꼬끼오 울음소리
아버지 불지피고 어머니 밥을 짓고

초가집
울리는 소리
새벽잠을 깨웠다

오늘날 아파트에 소리가 덩그러니
혹시나 농촌들에 울음소리 들을까

어허라
돌아다보니
입 다물고 있도다

트이어 토닥이는 아득한 소리로다
현대식 올망졸망 수백수 닭장에는

아라차
뒤틀린 소리
알소리만 구른다

소슬하게 내리는 비

마음을 두드리는
절실한 소리에서

소슬히 내려오는
빗줄기 속속들이

다독여
들어다 본다
너의 마음 읽는다

사르륵 사연들이
줄줄이 있으리라

세상에 맺혀있는
인연들 감기어서

빗줄기
토닥거리며
내려오고 있도다

무궁화 피는 날이 오리라

언젠가 웃음꽃이 피어나려 하는가
찌릿한 몸살이라 흐릿한 눈망울들

어허라
검스레 칙칙
검버섯이 돋는다

웃음꽃 언제인가 비정상 연가들이
진흙탕 침울하고 물가는 오르는데

차라리
마음을 돌려
한탄가를 부른다

줄줄이 허실들에 살갗은 뒤집히고
핏줄도 쓰라리게 솟치어 터지건만

현명한
무궁화 만발
오천만에 피리라

수원향교

수원성
하늘에서
오색물 내려온다

까치도 까닥이다
가지에 걸터앉아

쫑긋대
속살거리는
머릿속을 굴린다

배움터 수원향교
빛살이 내려앉아

잎들을 물들이다
사방에 반짝이고

산등성
정기 흘러서
수원향교 모인다

노란 벼이삭

벼들이
들녘에서
노랗게 누워있고

해님도 내려앉아
토닥여 어루만져

좋아라
풍년 물결이
찰랑대고 있도다

코스모스

가을빛
코스모스
한들한들 춤이요

바람도 요리조리
감돌아 돌아가고

빠알간
고추잠자리
뱅뱅 돌아 날도다

빛바랜 장미 한 송이

지나간
오월이라
초록의 계절에서

왕성한 장미송이
줄줄이 울타리에

누구나
사랑받았던
시절들을 그린다

빠르게 시월이라
줄기들 덩그러니

어쩌나 쓸쓸하게
붙잡아 애걸이라

빛바랜
장미 한 송이
미소 짓고 있도다

가을 농촌

농촌집 가을이라
물들이는 오색물

들녘에 오곡백과
풍성이 누워있고

살찌는
가을하늘은
하얀 구름 굴린다

떨어지는 낙엽들

낙엽들 떨어지며 점점이 여기저기
잔디밭 초록들에 앉아서 덩그러니

가랑잎
향나무 잎들
받쳐 들고 있도다

까치도 까닥까닥 뒹구는 영혼들에
위로에 한마딘가 고개를 조아린다

가랑비
자작자작
토닥거려 주도다

계절에 물이로다 안간힘 매달리어
힘주어 버티어서 가지에 대롱댄다

언젠가
떨어질세라
안절부절 애탄다

쓰라림 어이하리 세월은 흐르는데
여기도 곤두박질 저기도 바람결에

뚝뚝뚝
우르르 날려
고향으로 향한다

착한 사람

옳다고 재잘대고
삐걱대 으쓱대고
교만이 넘쳐나게
지구를 뒤집어도

따사한
말 한마디로
녹여주는 사람들

부정한 빌딩에다
철조망 가시덤불
은도끼 금도끼에
아무리 번들대도

지하철
호호 할머니
자리양보 착한 이

훈훈한 마음이라 손잡아 같이 가고
방그레 미소들에 끈끈한 정에 정들

착하고
좋은 사람들
신바람에 우리들